Cuaderno
de besos

MONTAÑA
ENCANTADA

Alfredo Gómez Cerdá

Ilustrado por

Helena Martínez

Cuaderno
de besos

EVEREST

Coordinación Editorial: Matthew Todd Borgens
Maquetación: Ana María García Alonso

Diseño de cubierta: Jesús Cruz

CUARTA EDICIÓN

© Alfredo Gómez Cerdá
© EDITORIAL EVEREST, S. A.
Carretera León-La Coruña, km 5 - LEÓN
ISBN: 84-241-3277-7
Depósito legal: LE. 1559-2001
Printed in Spain - Impreso en España

EDITORIAL EVERGRÁFICAS, S. L.
Carretera León-La Coruña, km 5
LEÓN (España)

A Johnattan Prevette,
el niño estadounidense de seis
años que fue expulsado
temporalmente del colegio
por dar un beso en la mejilla
a una compañera de clase.
¡ Un besazo, colegui !

Alfredo

UNA NOTICIA PREOCUPANTE

PAULA SE queda mirando el plato. ¡Lentejas! Desde luego ésa no es su comida favorita.

¡Lentejas! Sus padres se han empeñado en que, al menos un día a la semana, tienen que comer legumbres.

Resignada, Paula mete la cuchara en el plato y la mueve de un lado para otro. Las lentejas humean, deben de estar calentitas.

El padre de Paula corta el pan y llena los vasos de agua. Los tres comienzan a comer.

* * *

LA TELE está encendida. A los padres de Paula les gusta ver el telediario mientras comen. Ella preferiría ver otra cosa, pero sabe que está en minoría.

—¡Dos adultos contra una niña! —exclama en voz baja, para que no puedan oírla.

Eso sí, ver el telediario tiene alguna ventaja. Por ejemplo, la semana pasada, Aurori, que es la profesora, les dijo:

—Hoy es un día muy importante. ¿Sabéis por qué?

Paula lo sabía, y lo sabía porque lo había oído en el telediario. Levantó la mano.

—¿Por qué, Paula? —le preguntó Aurori.

—Porque se celebra el Día Mundial de la Naturaleza.

—¡Muy bien! —exclamó la profe.

Paula no cabía en sí de contenta. Todos los compañeros y compañeras la miraban con un gesto de admiración.

Aquella tarde no dieron clase. Se marcharon al parque y, entre todos, plantaron cuatro árboles. Se comprometieron a cuidarlos hasta que crecieran y se hicieran fuertes.

* * *

DE PRONTO, el locutor del telediario, un señor muy trajea-

do y encorbatado, lee una extraña noticia:

*"En Estados Unidos un niño de
seis años ha sido expulsado del
colegio por dar un beso en la mejilla a una compañera de clase."*

En la pantalla aparece la ima-
gen de aquel niño y Paula piensa

que es, más o menos, de su edad. Se sorprende tanto, que casi se atraganta con las lentejas. No puede creerse lo que ha visto y oído. ¿Será una broma?

Sus padres le han explicado que en los telediarios se dicen cosas que han sucedido de ver-

dad; no como en las películas, que son de mentira.

Preocupada, pregunta a sus padres.

—¿Es verdad?

El padre hace un gesto muy raro y la madre mueve la cabeza de un lado a otro. Paula llega a la conclusión de que a sus padres también les ha sorprendido mucho aquella noticia.

—¿Dónde están los Estados Unidos? —vuelve a preguntar.

—En América del Norte —responde su madre.

—Y América del Norte, ¿está lejos de nuestro país?

—Muy lejos —responde está vez su padre—, al otro lado del océano Atlántico, que es tan grande que un avión tarda ocho horas en atravesarlo.

—¡Ocho horas! —exclama Paula sin saber muy bien por qué.

* * *

CAMINO DEL colegio, Paula no puede dejar de pensar en la noticia del telediario. Se despide de su padre en la puerta. Faltan casi diez minutos para que suene el timbre de entrada.

Mira a su alrededor y... ¡qué sorpresa tan grande! Acaba de

ver, en el medio del patio, a Gabi.

—¡Gabi! —le llama.

Por lo menos hacía un mes que Gabi no iba al cole. Se puso malo y tuvieron que llevarlo al hospital. Aurori les contó un día que lo habían operado de apen-

dicitis. En una lámina del cuerpo humano vieron dónde estaba el apéndice.

Gabi es uno de sus mejores amigos. Al verla, echa a correr hacia Paula. Ella también echa a correr hacia él.

Cuando se encuentran, Paula se siente tan feliz que va a dar un beso a Gabi.

Pero entonces recuerda la noticia del telediario y se detiene en seco.

Le apetece mucho dar un beso a Gabi, pero se contiene y se queda con el beso en sus labios.

—¿Ya estás bien? —le pregunta.

—Sí.

Y Gabi se desabrocha el botón de los pantalones y se los ba-

ja un poco. Con una pizca de orgullo, le enseña a Paula una cicatriz a la derecha de su vientre.

—Aquí dentro estaba el apéndice —dice Gabi.

—¡Oh! —exclama Paula, admirada por aquella cicatriz.

—Me ha dicho el médico que cuando sea mayor no se me notará —añade Gabi.

* * *

MIGUEL TIENE una goma de borrar preciosa, con forma de elefante. Es una goma grande y blandita, de color azul celeste.

Miguel utiliza muy poco la goma de borrar con forma de ele-

fante, pues no quiere que se le gaste. La coloca encima de la mesa mientras hace los deberes y no permite que nadie la toque.

Paula no deja de mirar la mesa de Miguel, donde está la famosa goma de borrar con forma de elefante.

Sin esperanza, se la pide:

—¿Me dejas tu goma de borrar?

Entonces, Miguel coge la goma y se la deja.

—Borra muy flojito, para que no se desgaste —le advierte.

Paula coge la goma. ¡No puede creérselo! ¡Está loca de alegría! Mira a Miguel con un gesto de agradecimiento y siente muchas ganas de darle un beso. ¡Se lo merece!

Se acerca hacia él con intención de besarle; pero, de pronto, recuerda la noticia de la tele, y se queda muy quieta. Miguel la mira desconcertado. Ella retrocede

y vuelve
a su mesa. Paula
se ha quedado con otro
beso en sus labios.

* * *

A ÚLTIMA hora de la tarde tienen Educación Física, una asignatura que a todos les gusta mucho. Salen al patio y corren, saltan, hacen ejercicios gimnásticos… A veces, juegan a la pelota.

Manolo, el profe de Educación Física, pinta una línea en el suelo. Luego, da dos pasos y pinta otra línea.

—Coged carrerilla y, al llegar a la primera línea, saltáis —les explica—. Tenéis que llegar hasta la segunda línea.

Todos los niños y niñas comienzan a saltar. Algunos no llegan, pero casi todos pasan con facilidad.

Salta Paula y no llega. Manolo la anima.

—¡Vamos, Paula, inténtalo otra vez!

Y lo vuelve a intentar. La segunda vez le ha faltado muy poco para llegar, apenas la mitad de sus zapatillas.

—¡Huy! —exclama Manolo—. ¡Ánimo, Paula, a la tercera va la vencida!

Paula coge más carrerilla, se lanza a toda velocidad, salta con todas sus fuerzas y…

—¡Bravo, Paula! —grita Manolo.

Paula sabe que ha podido sal-
tarlo gracias a los ánimos que le
ha dado Manolo. Se siente tan
agradecida que corre hacia él para darle un beso. Pero llega a su
lado y se detiene bruscamente.
La noticia de la tele ha vuelto a
cruzarse por su cabeza.

Y por tercera vez en la tarde se ha aguantado las ganas de dar un beso.

EL CUADERNO

CON TRES besos en sus labios, Paula ha regresado a casa. Después de merendar, se mete en su habitación. Se sienta a su mesa y saca algunos cuadernos y lapiceros de colores. Luego, se pone a pensar en voz alta:

—¡Con lo que a mí me gusta dar besos! Tendré que dejar de hacerlo, no vaya a ser que me expulsen del colegio, como a ese niño de Estados Unidos. ¡Qué fastidio!

Pero ella siente que tiene tres besos dentro, tres besos que no ha dado: el de Gabi, el de Miguel y el de Manolo. Y se siente mal con esos tres besos dentro.

Los besos se han inventado para darlos y recibirlos. Entonces se le ocurre una idea.

* * *

PAULA ABRE uno de los cajones de su mesa y saca un cuaderno con pastas duras que le regaló una de sus amigas en el último cumpleaños. Es precioso, lleno de florecitas y filigranas.

Lo abre por la primera página y escribe un nombre: Gabi.

Y justo debajo del nombre da un beso.

Un poco más abajo escribe otro nombre: Miguel. Y vuelve a dar otro beso.

Por último, escribe un tercer nombre: Manolo. Y da el tercer beso.

Luego cierra el cuaderno, coge un bolígrafo azul y escribe al-

go con mucho cuidado en la por-
tada. Paula acaba de aprender a
escribir, por eso le cuesta un poco de trabajo. Procura hacer todas las letras del mismo tamaño:

Cuaderno de besos

Se queda mirándolo y piensa,
como siempre, en voz alta:

—En este cuaderno guardaré
todos mis besos.

* * *

AL DÍA siguiente, Paula guarda unos cuantos besos más.

Guarda el beso de Rosalía, que vive en su mismo portal y que es un poco más pequeña. Jugaban en el jardín que hay detrás del edificio. La pequeña Rosalía se bajó de un salto del columpio.

—¡Cuidado! —trató de avisarla Paula, cuando vio que la silla del columpio iba a golpearla.

Pero llegó tarde el aviso. Del golpe, Rosalía se cayó al suelo y comenzó a llorar.

Paula corrió hasta ella y la levantó.

—No llores, no ha sido nada. Le vamos a dar unos azotes al columpio malo por hacer daño a la nena —Paula le hablaba como a veces hablan las mamás—. Con un beso se te curará la pupa.

Y le iba a dar el beso; pero una vez más recordó la noticia,

aquella preocupante noticia que habían dado en el telediario, y se contuvo.

La pequeña Rosalía siguió llorando hasta que se acercó su madre y le dio un beso. Entonces, como por arte de magia, se calló y volvió a jugar.

* * *

PAULA GUARDA también el beso de Pedro.

Jugó con él al "corre que te pillo", con un grupo de amigos y amigas del barrio. Para que el juego fuera más divertido lo hacían por parejas.

Corrieron tanto, que acabaron todos sudando. Pero, al final, Paula y Pedro ganaron. Los dos daban saltos de alegría.

De pronto, Paula se abrazó a Pedro, sin dejar de saltar, e iba a darle un beso cuando... ¡Otra vez la dichosa noticia!

De inmediato se separó de él.

Paula resopló asustada, al comprobar lo cerca que había estado del beso.

* * *

MUCHO MÁS trabajo le ha costado guardar en su cuaderno el beso de Marina.

La había invitado a su casa porque era su cumpleaños. Paula fue después del colegio y le llevó un precioso libro de regalo, envuelto con un papel de colorines.

Allí estaban un montón de amigos y amigas, alrededor de una mesa en la que había una tarta grandísima de nata y chocolate con las velas encendidas.

Marina apagó las velas de un soplido y todos le cantaron el *Cumpleaños feliz* y el *Feliz en tu día*. Luego le fueron dando los regalos, que ella iba abriendo emocionada. Con el regalo, como es natural, le daban también un beso.

Cuando le tocó el turno a Paula, le entregó el paquete envuelto con papel de colorines. Marina lo abrió enseguida.

—¡Oh, gracias, Paula!

Y pensando que también le daría un beso, Marina arrimó su cara a la de Paula.

¡Y Paula estuvo a punto de darle un beso! Pero… ¡la noticia del telediario se lo impidió!

La pobre Marina se quedó con el cuello estirado y con un gesto de sorpresa dibujado en su rostro.

* * *

POR LA noche, Paula saca su cuaderno de besos y apunta los nombres: Pedro, Marina… Y debajo de cada nombre estampa un beso; sólo así puede librarse de ellos y sentirse un poco mejor.

Y es que no hay nada peor que llevar un beso dentro, un beso que teníamos que haber dado a alguien y que, por algún motivo, no lo hemos hecho.

Por supuesto, el cuaderno de besos se va llenando de nombres.

* * *

OTRA NOCHE Paula escribe el nombre de don Cristóbal, el dueño de la tienda de comestibles.

Siempre que Paula baja a su tienda a hacer algún recado, don Cristóbal le dice:

—Anda, mete la mano en ese tarro.

El tarro es de cristal, muy grande, y está lleno de caramelos. Paula mete la mano y coge dos o tres caramelos.

—Gracias, don Cristóbal —le dice, y le da un beso.

Pero la última vez que bajó a la tienda, como de costumbre,

había metido la mano en el tarro, había cogido los caramelos, le había dado las gracias a don Cristóbal, pero, por supuesto, no se atrevió a darle un beso.

Y, claro, no le quedó más remedio que incluirle en su cuaderno. Don Cristóbal.

* * *

EN POCOS días el cuaderno se ha llenado de nombres y de besos: Adrián, Pilar, Tamara, Sergio, Jorge, Loreto, Agustín, Alejandra, Alonso, Verónica, Vicente, Francisco, Juan, Raúl, Julio, Regina, Margarita, Clemente, Félix, Andrea...

Tiene que incluir también a Buenaventura y Transfiguración, un matrimonio mayor que vive en su mismo piso, en la puerta de al lado. Son muy simpáticos y siempre que la ven se paran para decirle algo agradable: "¡qué guapa estás hoy!", "¡qué vestido tan bonito!", "¡estás preciosa con ese peinado!"...

Paula se cuelga de su cuello y les da un beso.

Pero eso era antes de la noticia. Después, no se atrevió y no tuvo más remedio que incluirlos en su cuaderno. Le costó mucho trabajo escribir unos nombres tan largos: Buenaventura, Transfiguración.

LOS BESOS
PRISIONEROS

EL CUADERNO de besos se ha llenado por completo. Ya no cabe un nombre más. Pero eso no es lo peor.

Como hay tantos besos dentro, entre sus páginas, el cuaderno está lleno de cariño. Y todo el mundo sabe que el cari-

ño siempre es entrañable y
cálido.

Un día lo nota Paula. Co-
ge el cuaderno y al momento
tiene que soltarlo: está caliente,
muy caliente. Con un lapicero,
para no quemarse los dedos, pasa las hojas.

¡El espectáculo es terrible!

Cientos de besos se apretujan
entre las páginas. Están tan jun-

tos, que apenas pueden moverse. Producen tanto calor, que del cuaderno emanan hilillos de humo.

—¡Oh!

Paula está realmente impresionada, pues ha llenado el cuaderno en tan sólo una semana. No quiere ni imaginar lo que sucederá dentro de un mes, o dentro de un año.

—¡Oh! —vuelve a exclamar.

* * *

AQUELLA NOCHE Paula duerme con la ventana abierta. Deja el cuaderno sobre el alféizar y dice a los besos:

—Podéis marcharos. Creo que un cuaderno no es un buen sitio para que viváis.

Luego, se mete en la cama, apaga la luz y procura dormirse enseguida. No quiere ver cómo los besos se marchan, pues piensa que le daría mucha pena.

* * *

A LA mañana siguiente se despierta muy temprano, con las primeras claridades del día. Salta de la cama y corre hasta la ventana, donde está el cuaderno.

—¡Oh, no! —exclama desilusionada.

Ningún beso se ha movido de su sitio y allí permanecen todos, apretujados, casi sin poder moverse.

—¿Por qué no os habéis ido? —les pregunta enfadada.

Entonces sucede algo realmente extraordinario. Uno de los besos se abre paso entre sus compañeros y le dice algo a Paula. Ella tiene que acercarse un poco al cuaderno, porque la voz del beso es muy débil:

—No podemos salir del cuaderno. Estamos prisioneros en él.

—Pero yo no quiero teneros prisioneros —contesta Paula—. ¿Por qué no os habéis marchado

esta noche? Dejé la ventana abierta a propósito.

—No podemos —insiste el beso—. Sin tu ayuda no podemos salir del cuaderno.

—¿Y cómo puedo ayudaros? —pregunta Paula, angustiada.

—Tienes que averiguarlo tú sola —añade el beso—. Pero date prisa, aquí dentro se está terminando el aire. Si no nos sacas pronto, moriremos asfixiados.

* * *

PAULA NO puede creer lo que acaba de sucederle. Coge el cuaderno de besos y lo quita de la ventana.

Oye a sus padres moverse por la casa, ya se han levantado de la cama. Está tan nerviosa que no sabe qué hacer.

Sale corriendo de su habitación y se choca con su padre.

—¡Eh! ¿Adónde vas tan deprisa?

—Es que… me estoy haciendo pis.

Pero después de hacer pis, Paula sigue corriendo de un lado para otro. Le ocurre siempre que se pone nerviosa. No puede evitarlo.

Corre del baño a la cocina, de la cocina a su habitación, de su habitación otra vez al baño, del baño al cuarto de estar, del cuarto de estar a la cocina, de la cocina a…

—¡Pero quieres estarte quieta de una vez! —le dice su madre.

—No puedo —responde Paula—. Estoy nerviosa, estoy muy nerviosa, estoy nerviosísima… ¡Un montón de besos pueden morir!

El padre y la madre se miran y se encogen de hombros. Piensan que se trata de una fantasía de su hija.

* * *

DURANTE EL desayuno Paula no deja de hablar.

—¡Yo no sabía que los besos no pueden vivir dentro de un cuaderno! ¡De verdad que no lo sabía!

—Es lógico —le sigue la corriente su padre.

—Hay tantos besos en el cuaderno que se les está terminando el aire para respirar. Además, como los besos están llenos de cariño, producen mucho calor y el cuaderno podría llegar a incendiarse.

—¡Eso es peligroso! —continúa el padre, fingiendo preocupación—. Un cuaderno en lla-

mas puede prender una cortina y el incendio se podría extender por toda la casa.

Paula se queda con la boca abierta. ¡Qué terrible situación! Está tan preocupada que hasta se le han quitado las ganas de desayunar.

—¡Tengo que liberarlos! —grita de pronto.

—¿A quién? —pregunta su madre, un poco asustada por el grito de su hija.

—¡A los besos!

El padre mira a la madre. La madre mira al padre. Ambos miran a Paula. Paula los mira a ellos. Se cruzan un montón de miradas.

—Los he metido en el cuaderno y sólo yo puedo sacarlos

de allí —continúa Paula—. ¿Vosotros sabéis cómo se puede poner en libertad a un beso prisionero?

El padre y la madre vuelven a mirarse.

—Supongo que… dándolo —responde al fin el padre.

—¡Dándolo! —se extraña Paula.

El padre entonces pasa su brazo por encima de los hombros de la madre. La atrae hacia sí.

—Verás —le dice a su hija—. A mí ahora me apetece mucho dar un beso a mamá. Si no lo hago, el beso se quedará prisionero dentro de mí; pero si lo hago…

¡Muá!

Y el padre da un sonoro beso a la madre.

—Entonces… —razona Paula—, para que mis besos salgan del cuaderno donde están prisioneros…, ¡tengo que darlos!

—Prueba a ver.

—¿Y la noticia de la tele? —Paula sigue confundida.

—¿Qué noticia? —los padres ya ni se acuerdan.

—¡En Estados Unidos un niño ha sido expulsado del colegio por besar a una compañera en la mejilla!

El padre y la madre vuelven a mirarse. Luego, a la vez, empiezan a reírse. Y entre risas, comienzan a darse besos.

¡Muá! ¡Muá! ¡Muá!

Cogen a Paula entre sus brazos y la llenan de besos.

¡Muá! ¡Muá! ¡Muá!

—¿Entonces…? —pregunta ella una vez más.

Pero los padres sólo la responden a besos.

¡Muá! ¡Muá! ¡Muá!

* * *

PAULA SALE de casa pen-
sando que le aguarda un día muy
intenso.

Lo primero que hace es pulsar el timbre de la puerta de sus vecinos. Buenaventura y Transfiguración abren y Paula se abraza a ellos.

¡Muá! ¡Muá!

Baja a la calle y, antes de dirigirse al colegio, pasa por la tienda de don Cristóbal, que en ese momento se encuentra colocando unas latas de sardinas. Paula se lanza a su cuello.

¡Muá!

Camino del colegio se encuentra con Marina, con Sergio, con Francisco, con Verónica, con Félix.

¡Muá! ¡Muá! ¡Muá! ¡Muá!
¡Muá!

En la puerta está Manolo, el profe de Educación Física.

¡Muá!

Y en el patio están Miguel, Gabi, Andrea, Vicente, Raúl.

¡Muá! ¡Muá! ¡Muá! ¡Muá!
¡Muá!

* * *

¡Muá!

PAULA HA perdido la cuenta de los besos que ha dado durante el día, pero han sido muchos, muchísimos.

Cuando regresa a su casa por la tarde, no puede apartar de su pensamiento el cuaderno, su cuaderno de besos.

Deja la mochila con los libros junto a la puerta y corre hasta su habitación. El cuaderno está sobre la mesa. Se acerca a él despacio. Lo toca.

—¡Está frío! —exclama—. ¡Ya no quema!

Lo abre y comprueba que todos los nombres que ella ha escrito siguen allí, llenando las páginas; sin embargo, los besos, esos besos que estaban a punto de morir, han desaparecido. Paula da un salto de alegría y, bailando, sale de su habitación. En el pasillo se encuentra con su madre.

—¿Qué te pasa?

—¡Ya no tengo ningún beso prisionero!

Y le da dos besos.

¡Muá! ¡Muá!